PIÉCES ORIGINALES

CONCERNANT

LA MORT DES Sʳˢ CALAS,

ET LE JUGEMENT RENDU A TOULOUSE.

Extrait d'une Lettre de la Dame veuve CALAS,
du 15 Juin 1762.

NON, Monſieur, il n'y a rien que je ne faſſe pour prouver notre innocence, préférant de mourir juſtifiée à vivre & à être crue coupable. On continue d'opprimer l'innocence, & d'exercer ſur nous & notre déplorable famille une cruelle perſécution. On vient encore de me faire enlever, comme vous le ſçavez, mes chères filles, ſeuls reſtes de ma conſolation, pour les conduire dans deux différens Couvens de Touloufe ; on les mene dans le lieu qui a ſervi de théâtre à tous nos affreux malheurs : on les a même féparées. Mais ſi le Roi daigne ordonner qu'on ait ſoin d'elles, je n'ai qu'à le bénir. Voici exactement le détail de notre

A

malheureufe affaire, tout comme elle s'eft paffée au vrai.

Le 13 Octobre 1761, jour infortuné pour nous, Mr. *Gobert la Vaiffe*, arrivé de Bordeaux, (où il avait refté quelque tems,) pour voir fes parens, qui étaient pour lors à leur campagne, & cherchant un cheval de louage pour les y aller joindre, fur les quatre à cinq heures du foir, vient à la maifon ; & mon mari lui dit que puifqu'il ne partait pas, s'il voulait fouper avec nous, il nous ferait plaifir; à quoi le jeune homme confentit ; & il monta me voir dans ma chambre, d'où, contre mon ordinaire, je n'étais pas fortie. Le premier compliment fait, il me dit : Je foupe avec vous, votre mari m'en a prié. Je lui en témoignai ma fatisfaction, & le quittai quelques momens pour aller donner des ordres à ma Servante. En conféquence je fus auffi trouver mon fils aîné (*Marc-Antoine*), que je trouvai affis tout feul dans la boutique, & fort rêveur, pour le prier d'aller acheter du fromage de Roquefort ; il était ordinairement le pourvoyeur pour cela, parce qu'il s'y connaiffait mieux que les autres. Je lui dis donc : Tiens, va acheter du fromage de Roquefort, voilà de l'argent pour cela, & tu rendras le refte à ton père ; & je retourne dans ma chambre joindre le jeune homme (*La Vaiffe*) que j'y avais laiffé.

Mais peu d'inftans après, il me quitta, difant qu'il voulait retourner chez les Fenaffiers (1), voir s'il y avait quelque cheval d'arrivé, voulant abfolu-ment partir le lendemain pour la campagne de fon père, & il fortit.

Lorfque mon fils aîné eut fait l'emplette du fro-mage, l'heure du fouper arrivée (2), tout le monde fe rendit pour fe mettre à table, & nous nous y plaçâmes. Durant le fouper qui ne fut pas fort long, on s'entretint de chofes indifférentes, & entre autres des antiquités de l'Hôtel de Ville ; & mon cadet (*Pierre*) voulut en citer quelques-unes, & fon frère le reprit, parce qu'il ne les racontait pas bien, ni jufte.

Lorfque nous fûmes au deffert, ce malheureux enfant, je veux dire mon fils aîné (*Marc-Antoine*), fe leva de table, comme c'était fa coutume, & paffa à la cuifine. La Servante (3) lui dit : Avez-vous froid, Monfieur l'aîné ? chauffez-vous. Il lui répondit : Bien au contraire, je brûle ; & fortit. Nous reftâmes encore quelques momens à table, après quoi nous paffâmes dans cette chambre que vous connaiffez, & où vous avez couché, Mr. *La*

(1) Ce font les Loüeürs de chevaux.
(2) Sur les fept heures.
(3) La cuifine eft auprès de la falle à manger, au pre-mier étage.

Vaiſſe, mon mari, mon fils & moi; les deux pre-
miers ſe mirent ſur le ſopha, mon cadet ſur un
fauteuil, & moi ſur une chaiſe, & là nous fimes
la converſation tous enſemble. Mon fils cadet s'en-
dormit, & environ ſur les neuf heures trois quarts
à dix heures, Mr. *La Vaiſſe* prit congé de nous,
& nous réveillâmes mon cadet pour aller accom-
pagner ledit *La Vaiſſe*, lui remettant le flambeau
à la main pour lui faire lumière, & ils deſcen-
dirent enſemble.

Mais lorſqu'ils furent en bas, l'inſtant d'après,
nous entendîmes de grands cris d'allarme, ſans
diſtinguer ce que l'on diſait, auxquels mon mari
accourut, & moi je demeurai tremblante ſur la
galerie, n'oſant deſcendre, & ne ſçachant ce que
ce pouvait être.

Cependant, ne voyant perſonne venir, je me
déterminai de deſcendre, ce que je fis; mais je
trouvai au bas de l'eſcalier Mr. *La Vaiſſe*, à qui
je demandai avec précipitation, qu'eſt-ce qu'il y
avait? Il me répondit qu'il me ſuppliait de remonter, que je le ſçaurais; & il me fit tant d'inſtance
que je remontai avec lui dans ma chambre. Sans
doute que c'était pour m'épargner la douleur de
voir mon fils dans cet état, & il redeſcendit. Mais
l'incertitude où j'étais, était un état trop violent
pour pouvoir y reſter long-tems; J'appelle donc

ma Servante, & lui dis : *Jeannette*, allez voir ce
qu'il y a là-bas, je ne fçais pas ce que c'eft, je
fuis toute tremblante ; & je lui mis la chandelle
à la main, & elle defcendit : mais ne la voyant
point remonter pour me rendre compte, je def-
cendis moi-même. Mais, grand Dieu! quelle fut
ma douleur & ma furprife, lorfque je vis ce cher
fils étendu à terre ! Cependant je ne le crus pas
mort, & je courus chercher de l'eau de la Reine-
d'Hongrie, croyant qu'il fe trouvait mal ; & comme
l'efpérance eft ce qui nous quitte le dernier, je lui
donnai tous les fecours qu'il m'était poffible pour
le rappeller à la vie, ne pouvant me perfuader
qu'il fût mort. Nous nous en flattions tous, puifque l'on avait été chercher le Chirurgien, & qu'il
était auprès de moi, fans que je l'euffe vû ni ap-
perçu, que lorfqu'il me dit qu'il était inutile de
lui faire rien de plus, qu'il était mort. Je lui fou-
tins alors que cela ne fe pouvait pas, & je le pria
de redoubler fes attentions, & de l'examiner plus
exactement, ce qu'il fit inutilement ; cela n'était
que trop vrai. Et pendant tout ce tems-là mon
mari était appuyé fur un comptoir à fe défefpérer ;
de forte que mon cœur était déchiré entre le déplorable fpectacle de mon fils mort, & la crainte
de perdre ce cher mari, de la douleur à laquelle
il fe livrait tout entier fans entendre aucune con-

folation ; & ce fut dans cet état que la Juſtice nous trouva, lorſqu'elle nous arrêta dans notre chambre, où on nous avait fait remonter.

Voilà l'affaire tout comme elle s'eſt paſſée mot à mot; & je prie Dieu, qui connaît notre innocence, de me punir éternellement, ſi j'ai augmenté ni diminué d'un *iota*, & ſi je n'ai dit la pure vérité en toutes ces circonſtances; je ſuis prête à ſceller de mon ſang cette vérité, &c.

LETTRE DE DONAT CALAS, Fils,

A LA VEUVE DAME CALAS, sa Mere.

De Châtelaine, 22 Juin 1762.

MA chère infortunée & respectable mère. J'ai vû votre Lettre du 15 Juin entre les mains d'un ami qui pleurait en la lisant ; je l'ai mouillée de mes larmes. Je suis tombé à genoux , j'ai prié Dieu de m'exterminer , si aucun de ma famille était coupable de l'abominable parricide imputé à mon père, à mon frère , & dans lequel vous, la meilleure & la plus vertueuse des mères, avez été impliquée vous-même.

Obligé d'aller en Suisse depuis quelques mois pour mon petit commerce , c'est-là que j'appris le désastre inconcevable de ma famille entière. Je sçus d'abord que vous ma mère , mon père, mon frère *Pierre Calas*, Mr. *La Vaisse*, jeune homme connu pour sa probité & pour la douceur de ses mœurs , vous étiez tous aux fers à Toulouse ; que mon frère aîné, *Marc-Antoine Calas*, était mort d'une mort affreuse , & que la haine qui naît si souvent de la diversité des religions, vous accusait tous de ce meurtre. Je tombai malade dans l'excès de ma douleur, & j'aurais voulu être mort.

On m'apprit bientôt qu'une partie de la populace de Toulouse avait crié à notre porte, en voyant mon frère expiré : » C'est son père, c'est sa famille » Protestante qui l'a assassiné, il voulait se faire » Catholique (1); il devait abjurer le lendemain ; » son père l'a étranglé de ses mains, croyant faire » une œuvre agréable à Dieu; il a été assisté dans » ce sacrifice par son fils *Pierre*, par sa femme, » par le jeune *La Vaisse*. «

On ajoutait que *La Vaisse* âgé de vingt ans, arrivé de Bordeaux le jour même, avait été choisi dans une assemblée de Protestans, pour être le bourreau de la Secte, & pour étrangler quiconque changerait de Religion. On criait dans Toulouse que c'était la Jurisprudence ordinaire des Réformés.

L'extravagance absurde de ces calomnies me rassurait ; plus elles manifestaient de démence, plus j'espérai de la sagesse de vos Juges.

(1) On a dit qu'on l'avait vû dans une Eglise. Est-ce une preuve qu'il devait abjurer? Ne voit-on pas tous les jours des Catholiques venir entendre des Prédicateurs célèbres en Suisse, dans Amsterdam, à Génève, &c. Enfin, il est prouvé que *Marc-Antoine Calas* n'avait pris aucunes mesures pour changer de Religion; ainsi nul motif de la colère prétendue de ses parens.

Je tremblai, il est vrai, quand toutes les nouvelles m'apprirent qu'on avait commencé par faire ensevelir mon frère *Marc-Antoine* dans une Eglise Catholique, sur cette seule supposition imaginaire, qu'il devait changer de Religion. On nous apprit que la Confrairie des Pénitens blancs lui avait fait un Service solemnel comme à un Martyr, qu'on lui avait dressé un mausolée, & qu'on avait placé sur ce mausolée sa figure, tenant dans les mains une palme.

Je ne pressentis que trop les effets de cette précipitation, & de ce fatal enthousiasme. Je connus que puisqu'on regardait mon frère *Marc-Antoine* comme un Martyr, on ne voyait dans mon père, dans vous, dans mon frère *Pierre*, dans le jeune *La Vaisse* que des bourreaux. Je restai dans une horreur stupide un mois entier. J'avais beau me dire à moi-même : Je connais mon malheureux frère, je sçais qu'il n'avait point le dessein d'abjurer, je sçais que s'il avait voulu changer de Religion, mon père & ma mère n'auroient jamais gêné sa conscience ; ils ont trouvé bon que mon autre frère, *Louis* se fît Catholique ; ils lui font une pension ; rien n'est plus commun dans les familles de ces Provinces, que de voir des frères de Religion différente ; l'amitié fraternelle n'en est point refroidie ; la tolérance heureuse, cette sainte &

divine maxime dont nous faiſons profeſſion, ne nous laiſſe condamner perſonne; nous ne ſçavons point prévenir les jugemens de Dieu; nous ſuivons les mouvemens de notre conſcience, ſans inquiéter celle des autres.

Il eſt incompréhenſible, diſais-je, que mon père & ma mère, qui n'ont jamais maltraité àucun de leurs enfans, en qui je n'ai jamais vû ni colère, ni humeur, qui jamais en leur vie n'ont commis la plus légère violence, ayent paſſé tout d'un coup d'une douceur habituelle de trente années, à la fureur inouie d'étrangler de leurs mains leur fils aîné, dans la crainte chimérique qu'il ne quittât une Religion qu'il ne voulait point quitter.

Voilà, ma mère, les idées qui me raſſuraient; mais à chaque poſte, c'étaient de nouvelles allarmes. Je voulais venir me jetter à vos pieds, & baiſer vos chaînes. Vos amis, mes protecteurs, me retinrent par des conſidérations auſſi puiſſantes que ma douleur.

Ayant paſſé près de deux mois dans cette incertitude effrayante, ſans pouvoir ni recevoir de vos Lettres, ni vous faire parvenir les miennes, je vis enfin les Mémoires produits pour la juſtification de l'innocence. Je vis dans deux de ces Factums préciſément la même choſe que vous dites aujourd'hui dans votre Lettre du 15 Juin,

que mon malheureux frère *Marc-Antoine* avait
foupé avec vous avant fa mort, & qu'aucun de
ceux qui affiftèrent à ce dernier repas de mon frère
ne fe fépara de la compagnie qu'au moment fatal
où l'on s'apperçut de fa fin tragique. (1)

Pardonnez-moi, fi je vous rappelle toutes ces
images horribles; il le faut bien. Nos malheurs
nouveaux vous retracent continuellement les an-
ciens, & vous ne me pardonneriez pas de ne point
r'ouvrir vos bleffures. Vous ne fçauriez croire,

(1) Il eft de la plus grande vraifemblance que *Marc-
Antoine Calas* fe défit lui-même; il était mécontent de
fa fituation; il était fombre, atrabilaire, & lifait fouvent
des ouyrages fur le fuicide. *La Vaiffe*, avant le fouper,
l'avait trouvé dans une profonde rêverie. Sa mère s'en
était auffi apperçue. Ces mots *je brûle* répondus à la Servante, qui lui propofait d'approcher du feu, font d'un
grands poids. Il defcend feul en bas après fouper. Il exé-
cute fa réfolution funefte. Son frère au bout de deux heures, en reconduifant *La Vaiffe*, eft témoin de ce fpectacle.
Tous deux s'écrient; le père vient, on dépend le cadavre:
voilà la première caufe du jugement porté contre cet infortuné père. Il ne veut pas d'abord dire aux voifins, aux Chi-
rurgiens: Mon fils s'eft pendu, il faut qu'on le traîne fur
la claye, & qu'on deshonore ma famille. Il n'avoue la vérité que lorfqu'on ne peut plus la céler. C'eft fa piété pa-
ternelle qui l'a perdu: on a cru qu'il était coupable de la
mort de fon fils, parce qu'il n'avait pas voulu d'abord accu-
fer fon fils.

ma mère, quel effet favorable fit fur tout le monde cette preuve que mon père & vous, & mon frère *Pierre*, & le fieur *La Vaiffe*, vous ne vous étiez pas quittés un moment, dans le tems qui s'écoula entre ce trifte fouper & votre emprifonnement.

Voici comme on a raifonné dans tous les endroits de l'Europe où notre calamité eft parvenue; j'en fuis bien informé, & il faut que vous le fçachiez. On difait:

Si *Marc-Antoine Calas* a été étranglé par quelqu'un de fa famille, il l'a été certainement par fa famille entière, & par *La Vaiffe*, & par la Servante même; car il eft prouvé que cette famille, & *La Vaiffe*, & la Servante (1) furent toujours tous enfemble; les Juges en conviennent, rien n'eft plus avéré. Ou tous les prifonniers font coupables, ou aucun d'eux ne l'eft, il n'y a pas de milieu. Or il n'eft pas dans la nature qu'une famille, jufques-là irreprochable, un père tendre, la meilleure des mères, un frère qui aimait fon frère, un ami qui arrivait dans la Ville, & qui par hazard avait foupé avec eux, ayent pû pren-

_____

(1) Cette Servante eft Catholique & pieufe; elle était dans la maifon depuis trente ans; elle avait beaucoup fervi à la converfion d'un des enfans du Sr. *Calas*. Son témoignage eft du plus grand poids. Comment n'a-t-il pas prévalu fur les préfomptions les plus trompeufes?

dre tous à la fois, & en un moment, fans aucune raifon, fans le moindre motif, la réfolution inouie de commettre un parricide. Un tel
complot dans de telles circonftances eft impoffible; (1) l'exécution en eft plus impoffible encore.
Il eft donc infiniment probable que les Juges ré-
pareront l'affront fait à l'innocence.

Ces difcours me foutenaient un peu dans mon
accablement.

Toutes ces idées de confolation ont été bien
vaines. La nouvelle arriva, au mois de Mars, du
fupplice de mon père. Une Lettre qu'on voulait
me cacher, & que j'arrachai, m'apprit ce que je
n'ai pas la force d'exprimer, & ce qu'il vous a
fallu fi fouvent entendre.

Soutenez-moi, ma mère, dans ce moment où
je vous écris en tremblant, & donnez-moi votre

(1) Dans quel tems le père aurait-il pû pendre fon fils?
Ce n'eft pas avant le fouper, puifqu'ils foupèrent enfemble.
Ce n'eft pas pendant le fouper, ce n'eft pas après le fouper,
puifque le père & la famille étaient en haut, quand le fils
était defcendu. Comment le père, affifté de main-forte,
aurait-il pû pendre fon fils aux deux battans d'une porte
au rez-de-chauffée, fans un violent combat, fans un tu-
multe horrible ? Enfin pourquoi ce père aurait-il pendu
fon fils pour le dépendre ? Quelle abfurdité dans ces ac-
cufations !

courage ; il eſt égal à votre horrible ſituation. Vos enfans diſperſés, votre fils aîné mort à vos yeux, votre mari, mon père, expirant du plus cruel des ſupplices, votre dot perdue, l'indigence & l'opprobre ſuccédant à la conſidération & à la fortune. Voilà donc votre état ! Mais Dieu vous reſte, il ne vous a pas abandonnée ; l'honneur de mon père vous eſt cher, vous bravez les horreurs de la pauvreté, de la maladie, de la honte même, pour venir de deux cens lieues implorer aux pieds du trône la juſtice du Roi : ſi vous parvenez à vous faire entendre, vous l'obtiendrez ſans doute.

Que pourrait-on oppoſer aux cris & aux larmes d'une mère & d'une veuve, & aux démonſtrations de la raiſon ? Il eſt prouvé que mon père ne vous a pas quittée, qu'il a été conſtamment avec vous, & avec tous les accuſés, dans l'appartement d'en-haut, tandis que mon malheureux frère était mort au bas de la maiſon. Cela ſuffit. On a condamné mon père au dernier & au plus affreux des ſupplices ; mon frere eſt banni par un ſecond jugement ; & malgré ſon banniſſement, on le met dans un Couvent de Jacobins de la même Ville. Vous êtes hors de Cour, *La Vaiſſe* hors de Cour. Perſonne n'a conçu ces Jugemens extraordinaires & contradictoires. Pourquoi mon frère n'eſt-il que banni, s'il eſt coupable du meurrre de son frère ? Pourquoi, s'il est banni du Languedoc, est-il enfermé dans un Couvent de Toulouse. On n'y comprend rien. Chacun cherche la raison de ces Arrêts & de cette conduite, & personne ne la trouve.

Tout ce que je sçais, c'est que les Juges, sur des indices trompeurs, voulaient condamner tous les accusés au supplice, & qu'ils se contenterent de faire périr mon pere, dans l'idée où ils étaient que cet infortuné avouerait en expirant le crime de toute la famille. Ils furent étonnés, m'a-t-on dit, quand mon père, au milieu des tourmens, prit Dieu à témoin de son innocence & de la vôtre, & mourut en priant ce Dieu de miséricorde de faire grace à ces Juges de rigueur, que la calomnie avoit trompés.

Ce fut alors qu'ils prononcèrent l'Arrêt qui vous a rendu la liberté, mais qui ne vous a rendu ni vos biens dissipés, ni votre honneur indignement flétri, si pourtant l'honneur dépend de l'injustice des hommes.

Ce ne sont pas les Juges que j'accuse, ils n'ont pas voulu, sans doute, assassiner juridiquement l'innocence ; j'impute tout aux calomnies, aux indices faux, mal exposés (1), aux rapports de

(1) Quand le père & la mère en larmes étaient vers les

l'ignorance., aux méprifes extravagantes de quelques dépofans, aux cris d'une multitude infenfée,
& à ce zèle furieux qui veut que ceux qui ne pen-
fent pas comme nous, foient capables des plus
grands crimes.

Il vous fera aifé, fans doute, de diffiper les illu-
fions (1) qui ont furpris des Juges, d'ailleurs
intègres & éclairés ; car enfin, puifque mon père
a été le feul condamné, il faut que mon père ait
commis feul le parricide. Mais comment fe peut-
il faire qu'un vieillard de foixante & huit ans,
que j'ai vu pendant deux ans attaqué d'un rhuma-

dix heures du foir auprès de leur fils *Marc-Antoine* déjà
mort & froid, ils s'écriaient, ils pouffaient des cris pi-
toyables, ils éclataient en fanglots; & ce font ces fanglots,
ces cris paternels, qu'on a imaginé être les cris mêmes de
Marc - Antoine Calas, mort deux heures auparavant : &
c'eft fur cette méprife qu'on a cru qu'un père & une mère
qui pleuraient leur fils mort, affaffinaient ce fils ; & c'eft
fur cela qu'on a jugé.

(1) Un témoin a prétendu, qu'on avait entendu *Calas*
père menacer fon fils quelques femaines auparavant. Quel
rapport des menaces paternelles peuvent-elles avoir avec
un parricide ? *Marc-Antoine Calas* paffait fa vie à la pau-
me, au billard, dans les falles d'arme; le père le mena-
çait, s'il ne changeait pas. Cette jufte correction de l'a-
mour paternel, & peut-être quelque vivacité, prouveront-
elle le crime le plus atroce & le plus dénaturé ?

tifme

tifme fur les jambes, ait feul pendu un jeune homme de vingt-huit ans , dont la force prodigieufe
& l'adreffe fingulière étaient connues ?

Si le mot de *ridicule* pouvait trouver place au
milieu de tant d'horreurs , le ridicule exceffif de
cette fuppofition fuffirait feule , fans autre examen , pour nous obtenir la réparation qui nous
eft dûe. Quels miférables indices , quels difcours
vagues , quels rapports populaires pourront tenir
contre l'impoffibilité phyfique démontrée ?

Voilà où je m'en tiens. Il eft impoffible que
mon père , que même deux perfonnes ayent pû
étrangler mon frère. Il eft impoffible encore une
fois que mon père feul foit coupable, quand tous
les accufés ne l'ont pas quitté d'un moment. Il
faut donc abfolument , ou que les Juges ayent
condamné un innocent, ou qu'ils ayent prévari-
qué en ne purgeant pas la terre de quatre monf-
tres coupables du plus horrible crime.

Plus je vous aime & vous refpecte , ma mère ;
moins j'épargne les termes. L'excès de l'horreur
dont on vous a chargée , ne fert qu'à mettre au
jour l'excès de votre malheur & de votre vertu.
Vous demandez à préfent ou la mort ou la jufti-
fication de mon père ; je me joins à vous , & je
demande la mort avec vous , fi mon père eft coupable.

B

Obtenez seulement que les Juges produisent le procès criminel, c'est tout ce que je veux, c'est ce que tout le monde désire, & ce qu'on ne peut refuser. Toutes les Nations, toutes les Religions y sont intéressées. La Justice est peinte un bandeau sur les yeux ; mais doit-elle être muette ? Pourquoi, lorsque l'Europe demande compte d'un Arrêt si étrange, ne s'empresse-t-on pas à le donner ?

C'est pour le Public que la punition des scélérats est décernée. Les accusations sur lesquelles on les punit doivent donc être publiques. On ne peut retenir plus long-tems dans l'obscurité ce qui doit paraître au grand jour. Quand on veut donner quelque idée des Tyrans de l'Antiquité, on dit qu'ils décidaient arbitrairement de la vie des hommes. Les Juges de Toulouse ne sont point des Tyrans, ils sont les Ministres des Loix, ils jugent au nom d'un Roi juste : s'ils ont été trompés, c'est qu'ils sont hommes : ils peuvent le reconnaître, & devenir eux mêmes vos Avocats auprès du Trône.

Adressez-vous donc à Mr. le Chancelier (1), à Messieurs les Ministres avec confiance. Vous êtes

(1) M. le Chancelier se souviendra sans doute de ces paroles de M. *Daguesseau*, son prédécesseur, dans sa seizieme mercuriale. » Qui croirait qu'une première impression pût » décider quelquefois de la vie & de la mort ? Un amas fatal

timide, vous craignez de parler; mais votre cauſe parlera. Ne croyez point qu'à la Cour on ſoit auſſi inſenſible, auſſi dur, auſſi injuſte, que l'é-crivent d'impudens raiſonneurs, à qui les hom-mes de tous les états ſont également inconnus. Le Roi veut la juſtice; c'eſt la baſe de ſon gou-vernement; ſon Conſeil n'a certainement nul in-térêt que cette juſtice ne ſoit pas rendue. Croyez-moi, il y a dans les cœurs de la compaſſion & de l'équité : les paſſions turbulentes & les préjugés étouffent ſouvent en nous ces ſentimens; & le Conſeil du Roi n'a certainement ni paſſion dans

» de circonſtances qu'on dirait que la fortune a aſſemblées
» exprès pour faire périr un malheureux, une foule de
» témoins muets, & par-là plus redoutables, dépoſent
» contre l'innocence; le Juge ſe prévient, l'indignation
» s'allume, & ſon zèle même le ſéduit : moins Juge qu'Ac-
» cuſateur, il ne voit que ce qui ſert à condamner, & il
» ſacrifie aux raiſonnemens de l'homme celui qu'il aurait
» ſauvé, s'il n'avait admis que les preuves de la Loi. Un
» événement imprévu fait quelquefois éclater dans la ſuite
» l'innocence accablée ſous le poids des conjectures, &
» dément les indices trompeurs dont la fauſſe lumière avait
» ébloui l'eſprit du Magiſtrat. La vérité ſort du nuage de
» la vraiſemblance : mais elle en ſort trop tard; le ſang de
» l'innocent demande vengeance contre la prévention de
» ſon Juge, & le Magiſtrat eſt réduit à pleurer toute ſa vie
» un malheur que ſon repentir ne peut réparer. «

cette affaire, ni préjugé qui puiſſe éteindre ſes lumières.

Qu'arrivera-t-il enfin ? Le procès criminel ſera-t-il mis ſous les yeux du Public ? Alors on verra ſi le rapport contradictoire (1) d'un Chirurgien & quelques mépriſes frivoles doivent l'emporter ſur les démonſtrations les plus évidentes que l'innocence ait jamais produites. Alors on plaindra les Juges de n'avoir point vû par leurs yeux dans une affaire ſi importante, & de s'en être rapportés à l'ignorance ; alors les Juges eux-mêmes

_____

(1) De très-mauvais Phyſiciens ont prétendu qu'il n'était pas poſſible que *Marc-Antoine* ſe fût pendu. Rien n'eſt pourtant ſi poſſible : ce qui ne l'eſt pas, c'eſt qu'un vieillard ait pendu au bas de la maiſon un jeune homme robuſte, tandis que ce vieillard était en haut.

NB. Le père en arrivant ſur le lieu où ſon fils était ſuſpendu, avait voulu couper la corde, elle avoit cédé d'elle-même ; il crut l'avoir coupée. Il ſe trompa ſur ce fait inutile devant les Juges qui le crurent coupable.

On dit encore que ce père accablé & hors de lui-même, avait dit dans ſon interrogatoire, *tous les conviés paſſerent au ſortir de table dans la même chambre. Pierre* lui repliqua : Eh ! mon père, oubliez-vous que mon frère *Marc-Antoine* ſortit avant nous, & deſcendit en bas ? Oui, vous avez raiſon, répondit le père. *Vous vous coupez, vous êtes coupable*, dirent les Juges. Si cette anecdote eſt vraye, de quoi dépend la vie des hommes ?

Joindront leurs voix aux nôtres (1). Refuseront-ils
de tirer la vérité de leur Greffe ? Cette vérité s'éle-
vera alors avec plus de force.

Perfiftez donc , ma mère , dans votre entre-

(1) Qu'on oppofe indices à indices , dépofitions à dépofitions , conjectures à conjectures ; & les Avocats qui ont
défendu la caufe des Accufés , font prêts de faire voir l'innocence de celui qui a été facrifié. S'il ne s'agit que de
conviction , on s'en rapporte à l'Europe entière. S'il s'agit
d'un examen juridique , on s'en rapporte à tous les Ma-
giftrats , à ceux de Touloufe même , qui avec le tems fe
feront un honneur & un devoir de réparer , s'il eft poffible , un malheur dont plufieurs d'entr'eux font effrayés
aujourd'hui. Qu'ils defcendent dans eux - mêmes , qu'ils
voyent par quel raifonnement ils fe font dirigés. Ne fe
font-ils pas dit , *Marc-Antoine Calas* n'a pû fe pendre lui-
même , donc d'autres l'ont pendu : il a foupé avec fa famille & avec *La Vaiffe* , donc il a été étranglé par fa famille & par *La Vaiffe* ? On l'a vû une ou deux fois , dit-
on , dans une Églife , donc fa famille Proteftante l'a étranglé par principe de Religion. Voilà les préfomptions qui
les excufent.

Mais à préfent , les Juges le difent fans doute , *Marc-
Antoine Calas* a pû renoncer à la vie ; il eft phyfiquement
impoffible que fon père feul l'ait étranglé , donc fon père
feul ne devait pas périr : il nous eft prouvé que la mère ,
& fon fils *Pierre* , & *La Vaiffe* , & la Servante , qui feuls
pouvaient être coupables avec le père , font tous innocens ,
puifque nous les avons tous élargis ; donc il nous eft prouvé

prife. Laiffons-là notre fortune : nous fommes
cinq enfans fans pain ; mais nous avons tous de
l'honneur, & nous le préférons, comme vous, à
la vie. Je me jette à vos pieds, je les baigne de
mes pleurs ; je vous demande votre bénédiction
avec un refpect que vos malheurs augmentent.

DONAT CALAS.

A Châtelaine, le 22 Juin 1762.

que *Calas* le père, qui ne les a pas quittés un inftant, eft
innocent comme eux.

Il eft reconnu que *Marc-Antoine Calas* ne devait pas
abjurer, donc il eft impoffible que fon père l'ait immolé
à la fureur du fanatifme. Nous n'avons aucun témoin ocu-
laire, & il ne peut en être. Il n'y a eu que des rapports
d'après des ouï-dire ; or ces vains rapports ne peuvent ba-
lancer la déclaration de *Calas* fur la roue, & l'innocence
avérée des autres Accufés ; donc *Calas* le père que nous
avons roué, était innocent ; donc nous devons pleurer fur
le Jugement que nous avons rendu ; & ce n'eft pas-là le
premier exemple d'un fi jufte & fi noble repentir.